U0525289

想在晚风中，和你说一说废话

废话王阿姨
著

做个生活的小心眼，
小到每一眼 都能美一眼！

废话王阿姨

北京燕山出版社

目录

第一篇章——
我的生活 竟这般“废话”连篇

目录

第二篇章——

既然遇见快乐，不妨说点“废话”

目录

第三篇章——
有些“废话”，随风来，随风去

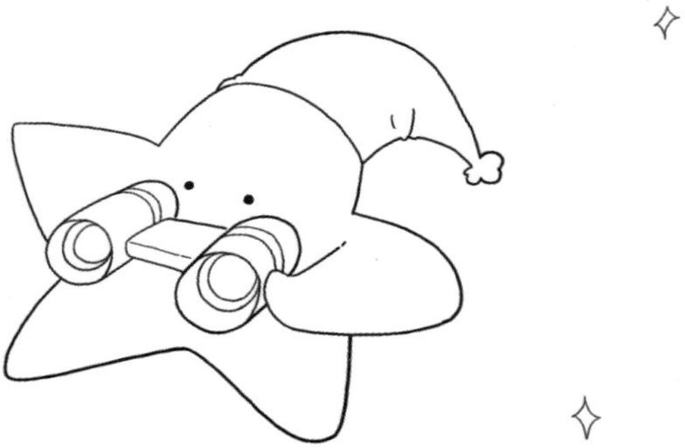

每日小愿望：

让生活中的"废话"开出喇叭花

第一篇章——

我的生活竟这般『废话』连篇

不想看
头条，
只想吃
油条。
Hi~早晨！
Good morning
服务热线
廣州日報
追求最出色的新闻 塑造最具公信力媒体
《早安》

不想看头条，

只想吃油条。

早
安

你总说自己
一无所有，
可每次搬家，
一车都装不下。
《搬家》

你总说自己

一无所有，

可每次**搬家**，

一车都装不下。

搬家

汪汪队在聚会，
而我，
身在工位，
心在滴泪。
《不想加班》

汪汪队在聚会，

而我，

身在工位，

心在滴泪。

不想加班

吃冰的时候，
心是凉的，
但嘴角是上扬的！
《吃冰》

吃冰

吃冰的时候，

心是凉的，

但嘴角是上扬的！

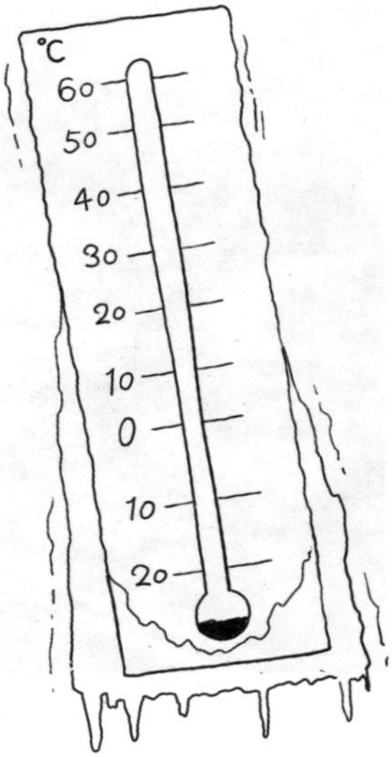

不能手动开
空调的地方，
嘴动一动，
也能降温！
《吃冰》

吃冰2

不能手动**开空调**的地方，

嘴动一动，

也能**降温**！

从没下过厨，
却天天喊剁手！
《冲动》

从没下过厨，

却天天喊**剁手**！

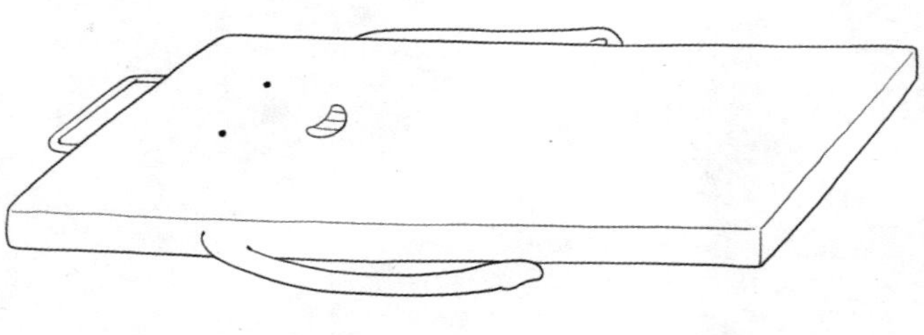

冲动

在公司打卡，
是为了去远方看山，
去草原骑马。
《旅行》

在公司打卡，

是为了去远方**看山**，

去草原**骑马**。

一张机票，
就把没去过的地方，
变成了老地方。
《旅行》

一张机票，

就把没去过的地方，

变成了**老地方**。

旅行2

出发，之所以快乐，
是因为烦恼
跟不上高铁的速度。
《出发》

出发，之所以**快乐**，

是因为**烦恼**

跟不上高铁的速度。

《出个远门》
我要离家出走了，
不是躲避什么，
就是想
出个远门。

我要离家出走了，

不是躲避什么，

就是想出个远门。

春天的泥土真松软，
又可以省点力气，
偷个小懒！
《春困》

春天的泥土真松软，

又可以省点力气，

偷个小懒！

春困

秋天到了，
可天还热着，
奶茶到了，
可会还在开着。
《等待》

秋天到了，

可天还热着，

奶茶到了，

可会还在开着。

等待

有些人，见一面少一面，
就像这碗面，
吃一口少一口。
《见面》

有些人，**见一面**少一面，

就像这碗面，

吃一口少一口。

见

面

人都要面子，但见了面，
就只想动筷子。
《见面》

人都要面子，

但见了面，

就只想动筷子。

见面2

只要我的快递不断，
我跟门卫大爷的友情，
就不会断。
《友情》

只要我的快递不断，

我跟门卫大爷的交情，

就不会断。

交情

今天的有氧
是徒手，
搬快递回家。
《冲动》

今天的有氧

是徒手，

搬快递回家。

冲
动
2

《借口》
在山上
可以熬大夜，
借口是看星星。

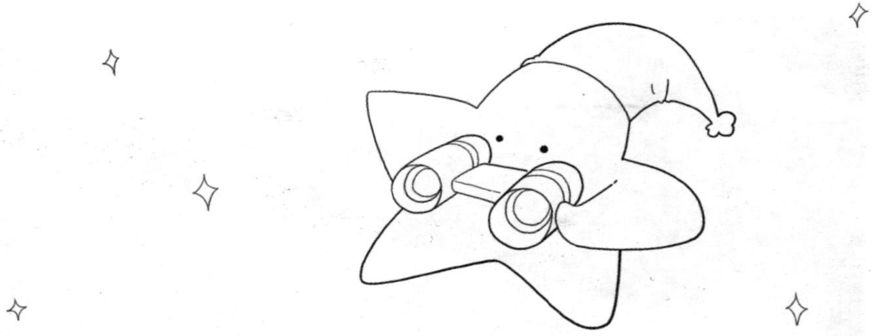

在山上

可以熬大夜，

借口是看星星。

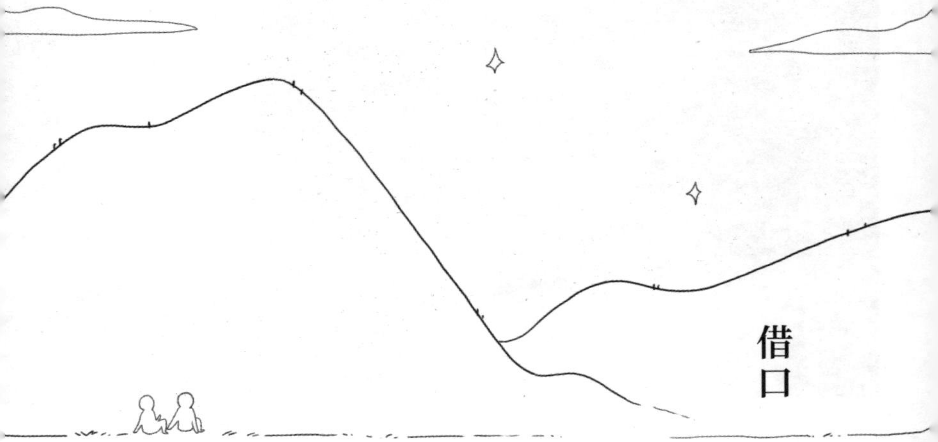

借口

工作，
是永远干不完的，
我看开了，
就把奶茶先干完了。
《看开》

工作，

是永远干不完的，

我看开了，

就把奶茶先干完了。

看开

今天的我
眼里没光，
却看到路人
眼前一亮。
《停电》

今天的我

眼里**没光**，

却看到路人

眼前一**亮**。

停电

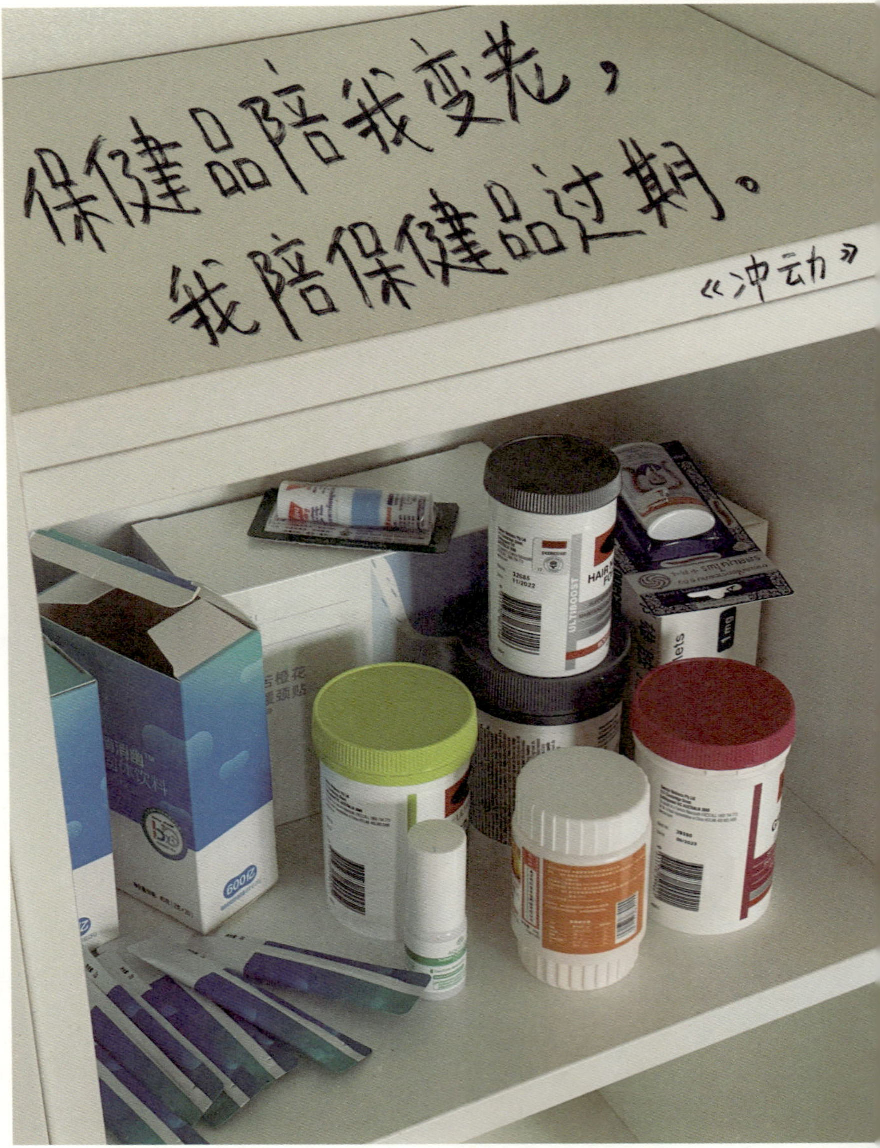
保健品陪我变老，
我陪保健品过期。
《冲动》

保健品陪我变老，

我陪保健品过期。

冲动3

《忙》
我买了表，
可还是，
没什么时间。

我买了表，

可还是，

没什么**时间**。

忙

被雨淋湿后，
连街道都在，
生闷气。
《闷热》

被雨淋湿后，

连街道都在，

生闷气。

闷热

«时髦»
时髦的人，
一出门，
摄影师就咔咔
按快门。

时髦的人，

一出门，

摄影师就咔咔

按快门。

时髦

不知道自己买的什么瓜，
甜的就叫甜瓜，
不甜的叫绿瓜。
《起名》

不知道自己买的什么瓜，

甜的就叫**甜瓜**，

不甜的叫**绿瓜**。

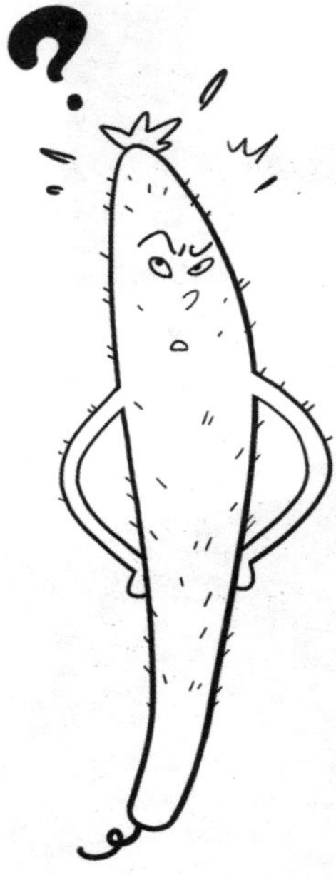

起名

《停电》
今天，可以不用
在乎红绿灯的眼色，
上路！

今天，可以不用在乎

红绿灯的眼色，

上路！

停电2

《百搭》
白色的T恤
最百搭了，
你不穿，
钱就白花了。

白色的 T 恤

最百搭了，

你不穿，

钱就白花了。

百搭

天气不好不坏，
主人正好不在，
赶紧让我祛祛湿气，
补补钙。
《晒太阳》

天气不好不坏，

主人正好不在，

赶紧让我祛祛湿气，

补补钙。

晒太阳

没有压力的夏天，
那就把压力
给到空调、西瓜、
动画片。
《暑假》

暑假

没有压力的夏天，

那就把压力

给到空调、西瓜、

动画片。

太阳不会
从西边出来，
我不睡到饭点，
也不会起来。
《暑假》

太阳不会

从西边出来，

我不睡到饭点，

也不会起来。

暑假2

《一点小请求》
可不可以称慢
一点，因为我的菜
想在我的怀里
待得久一点！

一点小请求

可不可以称慢一点，
因为我的菜
想在我的怀里
待得久一点！

几片树叶，
就足以让一个座位，
无人问津。
《雨后》

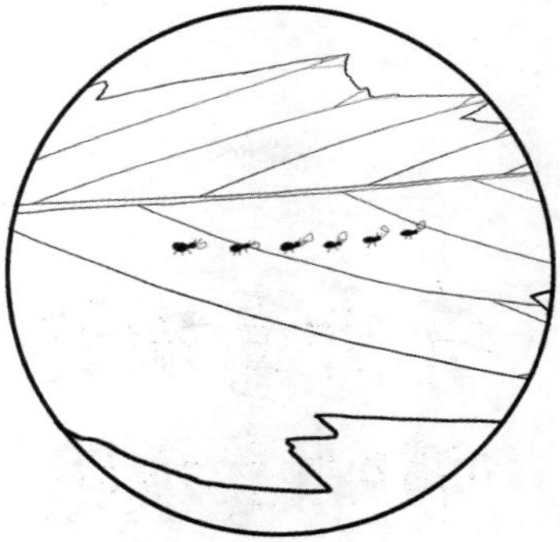

几片树叶，

就足以让一个座位，

无人问津。

雨后

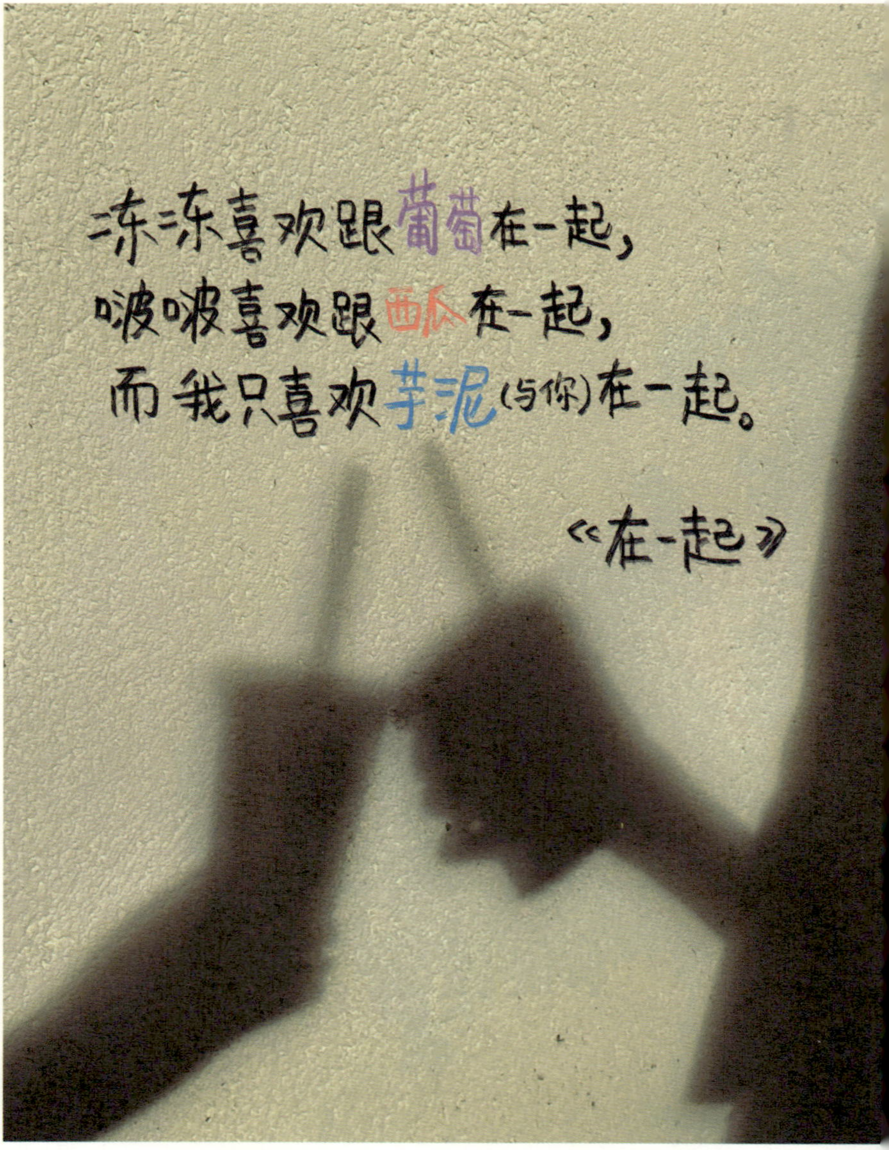
冻冻喜欢跟葡萄在一起，
啵啵喜欢跟西瓜在一起，
而我只喜欢芋泥(与你)在一起。
《在一起》

冻冻喜欢跟葡萄在一起,

啵啵喜欢跟西瓜在一起,

而我**只喜欢**芋泥（与你）在一起。

我负责说“废话”
那我呢？
你只需要负责快乐！

第二篇章——

既然遇见快乐，不妨说点『废话』

春天

我不是菜，

我是土生土长的

春天！

《春天》
我不是菜，
我是土生土长
的春天！

春日

花瓣是风

吻别

春天的痕迹。

花瓣
是风
吻别
春天的
痕迹
《春日》

春日梧桐

梧桐忘性大，

秋天秃的头，

春天才想起植发。

梧桐忘性大，
秋天秃的头，
春天才想起
植发。
《春日梧桐》

霸占

花用美丽，

把那些将要去游乐场的人，

赤裸裸地霸占！

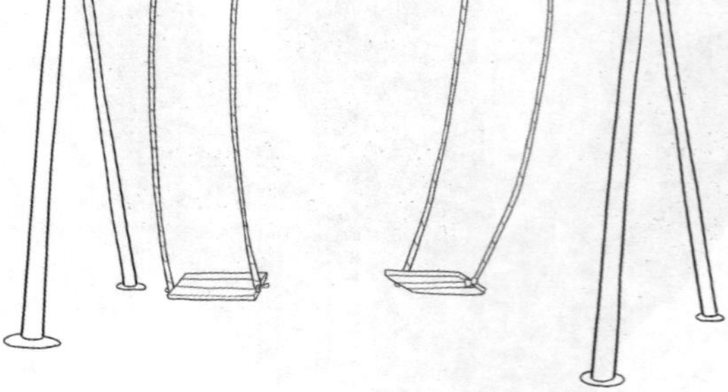

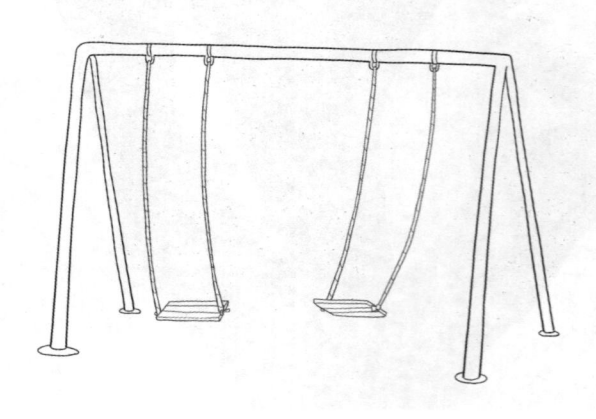

花用美丽，把那些
将要去游乐场的人，
赤裸裸地霸占！
10m
游乐场
Amusement Park
150m
公园南门
South Gate
280m
《霸占》

吃瓜

不必等明天的“热搜”，

眼前的瓜，

才是最香的。

不必等明天的"热搜"
眼前的瓜，
才是最香的。
《吃瓜》

有料

有些事，

我们料不到，

有些料，

我们能吸到。

有些事，
我们料不到，
有些料，
我们能吸到。
《有料》

八卦

那谁跟那谁好了，

那谁跟那谁分了。

《八卦》
那谁跟那谁好了，
那谁跟那谁分了。

彩虹

我给玻璃留了个缝，

它便送我一束彩虹。

《彩虹》
我给玻璃留了个缝，
它便送我一束彩虹。

床单

把床单晾在自然里，

床单就

自然干了！

把床单晾在自然里，
床单就
自然干了！
《床单》

等待 2

该来的列车，

总会来，

再晚的爱情，

都不晚。

该来的列车，
总会来，
再晚的爱情，
都不晚。
《等待》

发呆

不知道车往哪开，

就停在路边发发呆。

小花世
小花界
不知道车往哪开，
就停在路边发发呆。
《发呆》

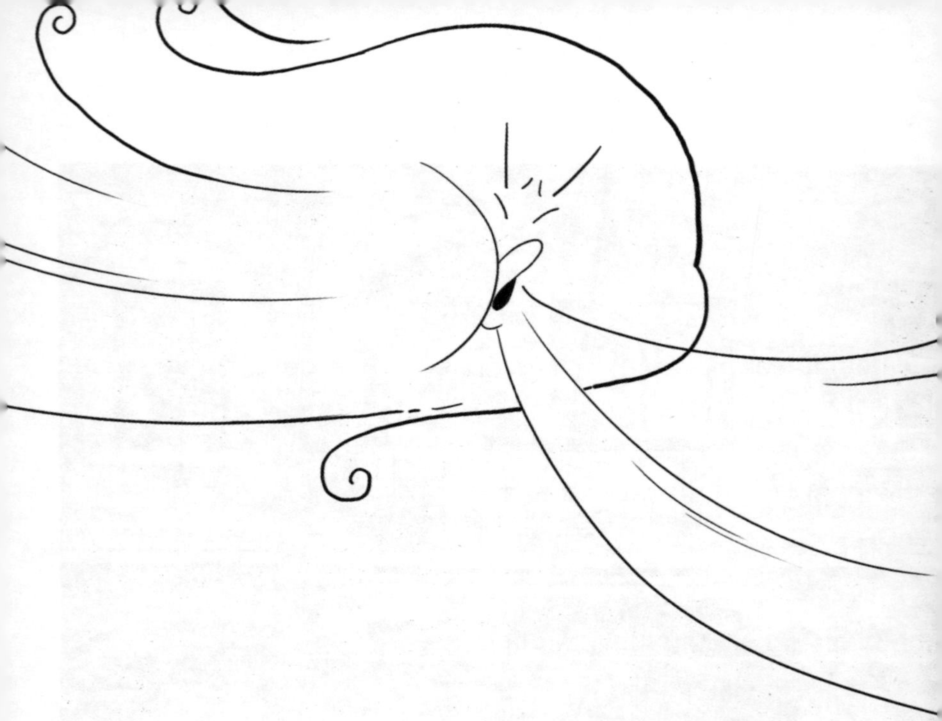

风干

床单干了，

是风干的。

床单干了，
是风gàn干的。
《风干》

酒精

酒精是一阵黏腻的风，

在你心里下一场躲不开的雨。

酒精是一阵
黏腻的风，
在你心里下一场
躲不开的雨。
《酒精》

留恋

今秋的桂花不够香，

不过是念旧的人，

还留在夏天疗伤。

《留恋》
今秋的桂花不够香，
不过是念旧的人，
还留在夏天疗伤。

命苦

饭在爬山，

你在加班。

饭在爬山，
你在加班。
《命苦》

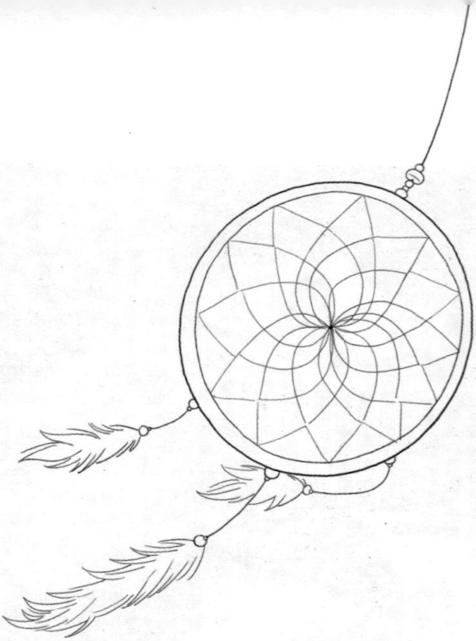

慢一点

太阳在桥面上撒网，

随机**捕捉**走得太快的路人！

《慢一点》
太阳在桥面上撒网，
随机捕捉走得太快
的路人！

你瞅啥

生活漫漫，

该看蛋就看淡！

《你瞅啥》
生活漫漫
该看蛋
就看淡！

晒衣服

在洗衣机里转来转去，

就为了这一刻的**日光浴**。

《晒衣服》
在洗衣机里
转来转去，
就为了这一刻
的日光浴。

山上的人

山上的人都挺懒的，

懒得回消息，

懒得接电话，

懒得想山下的事。

山上的人都挺懒的，
懒得回消息，
懒得接电话，
懒得想山下的事。
《山上的人》

山下的人

山下的人来到山上，
瞬间就适应了，
可当他们回到山下，
却要适应好几天。

山下的人来到山上，
瞬间就适应了，
可当他们回到山下，
却要适应好几天。
《山下的人》

时装周

时装周是一个**魔法棒**，

把普通的城市，

变成了时髦的秀场。

《时装周》
时装周是一个魔法棒，
把普通的城市，
变成了时髦的秀场
时堂 SHOWROOM SHANGHAI
23AW

穿搭原则

下辈子，

想变成一道彩虹，

即使身上穿了七种颜色，

也不会被人说

花花绿绿。

下辈子，
想变成一道彩虹，
即使身上穿了七种颜色，
也不会被人说
花花绿绿。
《穿搭原则》

美丽不必羞耻

为什么

特别好看的衣服

要下好大的勇气，

才好意思穿？

SHANGHAI
为什么
特别好看的衣服
要下好大的勇气，
才好意思穿？
《美丽不必羞耻》

树的影子

太阳是个文身师，

墙上，路上，屋檐上，

都是它的作品。

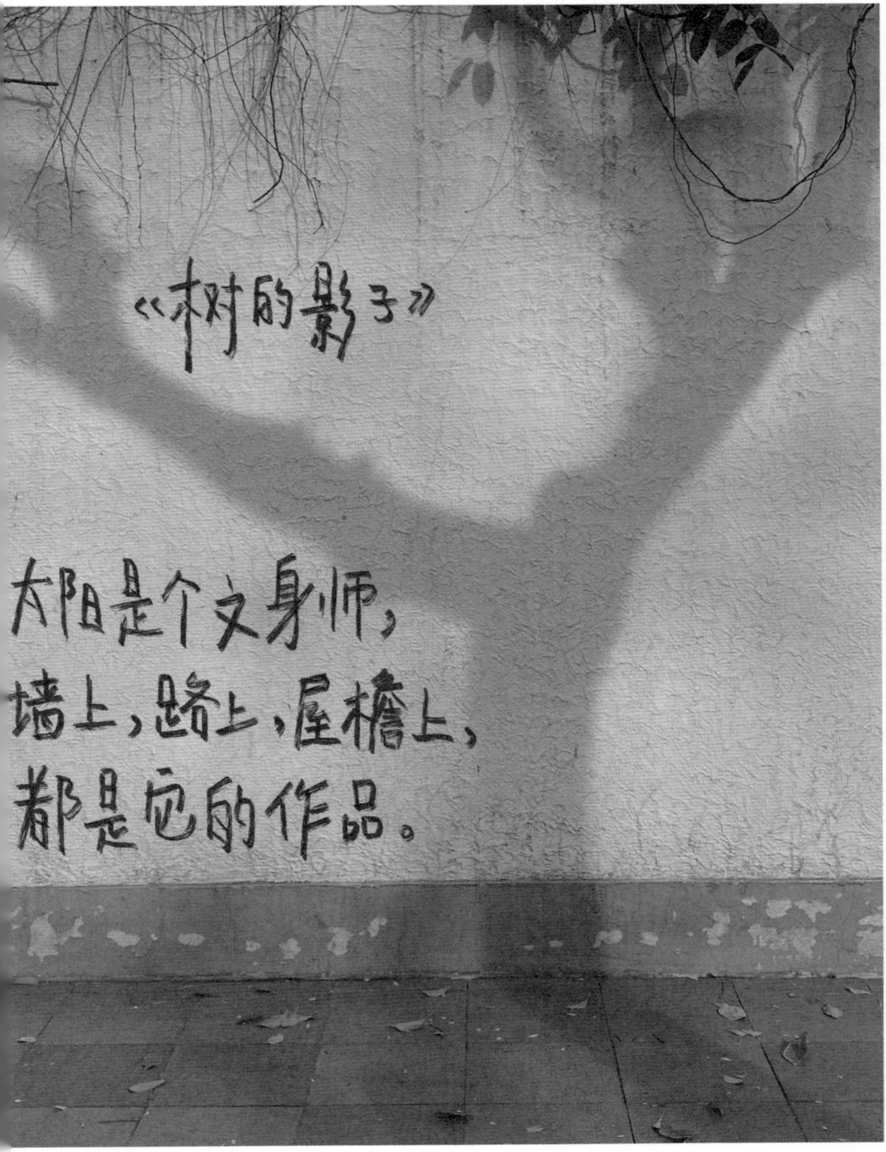
《树的影子》
太阳是个文身师，
墙上，路上，屋檐上，
都是它的作品。

岁月不饶鸡

“活着好难，

2 岁就陷入了**年龄焦虑**！”

"活着好难，
2岁就陷入了年龄焦虑！"
《岁月不饶鸡》
2年老母鸡

天然气

有些气，

拐个弯就想通了。

有些气，
拐个弯就想通了。
《天然气》

哇！

大山里的一切都很大，

云朵很大，

雷声很大，

知了很大，

小小的人见到后

都会惊叹一声“哇！”

人啊，只有口气很大。

大山里的一切都很大，
云朵很大，
雷声很大，
知了很大，
小小的人见到后
都会惊叹一声"哇！"
人啊，只有口气很大。
《哇！》

小马路

小马路

逛着逛着，

就从走过路过

变成了吃过喝过。

小马路
逛着逛着，
就从走过路过
变成了吃过喝过。
《小马路》
吃起来
夏天的
永嘉路
东
622
E
永嘉路
Yongjia Rd.

音响

我没长嘴，

却可以

为你**发声**！

我没长嘴，
却可以
为你发声！
《音响》

懒觉

多睡觉，

有助于骨骼发育，

睡懒觉，

骨骼也就**懒得**发育了。

《懒觉》
多睡觉，
有助于骨骼发育，
睡懒觉，
骨骼也就懒得发育了。

真相

五一快到了,

太阳想当劳模,

所以

天亮得越来越早了。

《真相》
五一快到了，
太阳想当劳模，
所以
天亮得越来越早了。

想开

生活

自由自在，

想往哪开，

就往哪开。

生活
自由自在，
想往
哪开，
就往哪开。
《想开》

哎，“废话”浪漫起来，
可真要命哟！

第三篇章——

有些『废话』，随风来，随风去

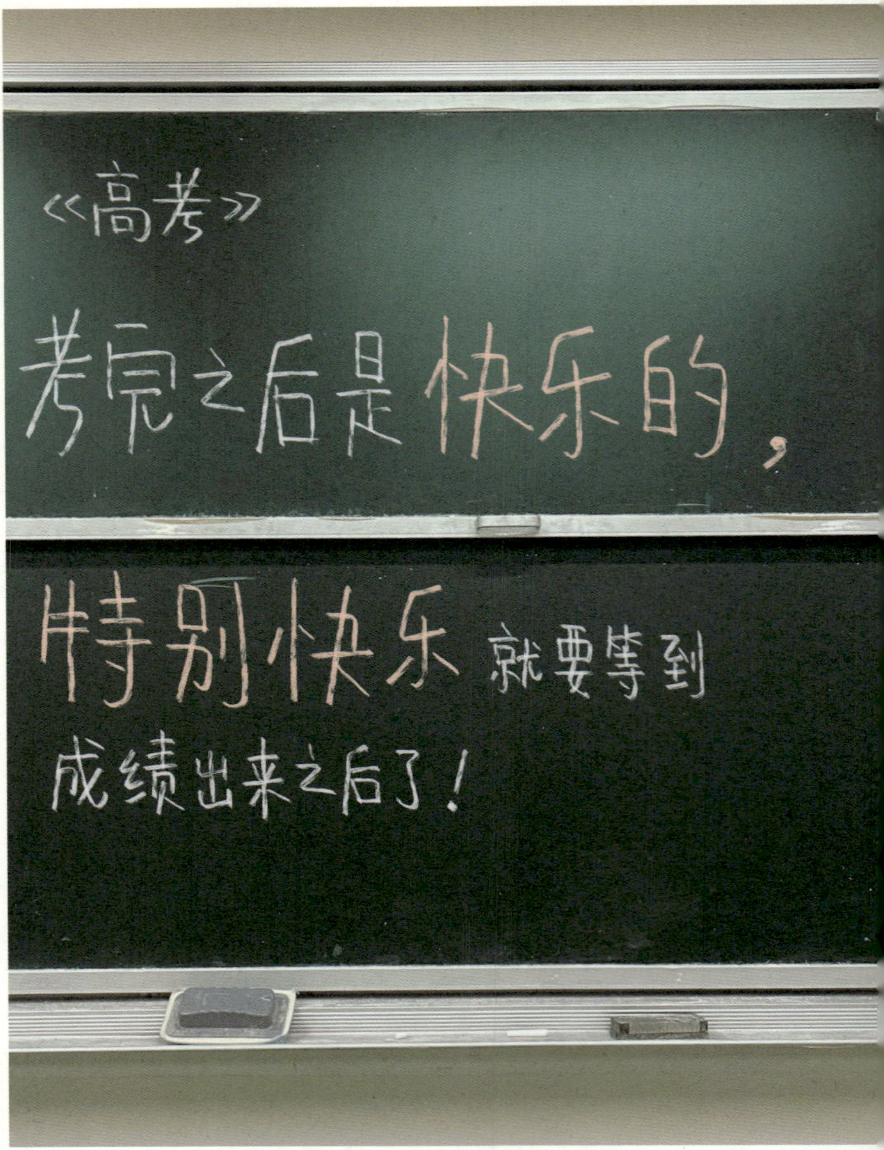
《高考》
考完之后是快乐的，
特别快乐就要等到
成绩出来之后了！

高考

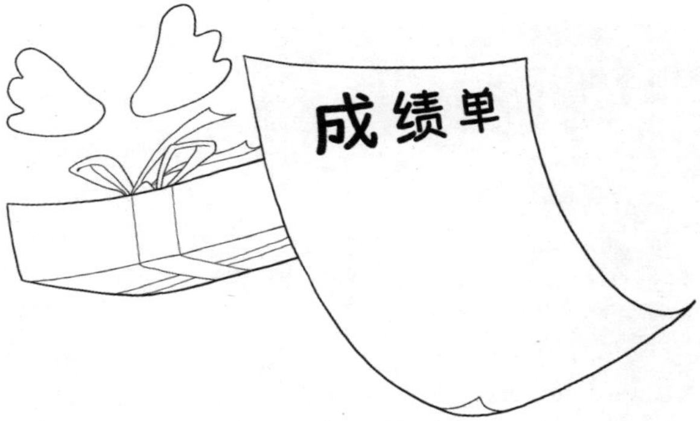

考完之后是**快乐**的，

特别快乐就要等到

成绩出来之后了！

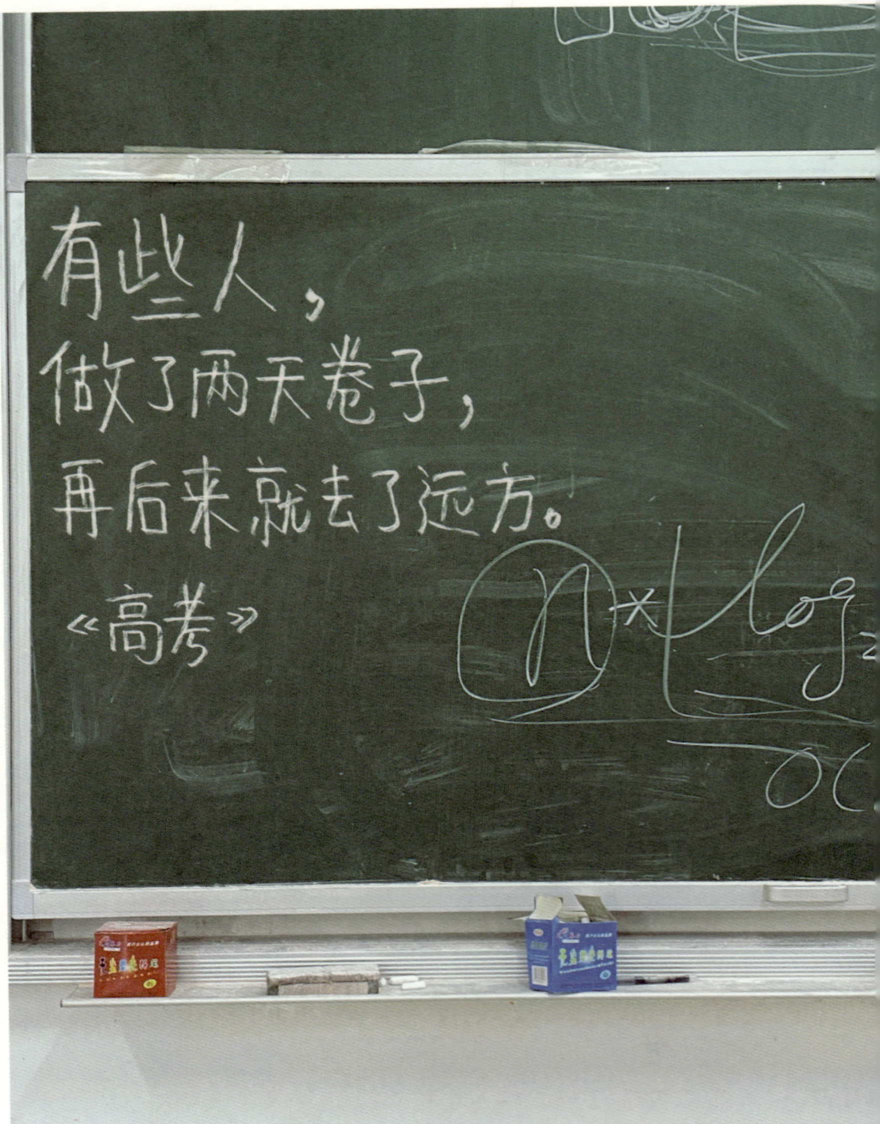
有些人，
做了两天卷子，
再后来就去了远方。
《高考》

高考 2

有些人，

做了两天卷子，

再后来就去了**远方**。

春日里的小风小雨，
都将化作生活里的
小酸小甜！
《春雨》

春雨

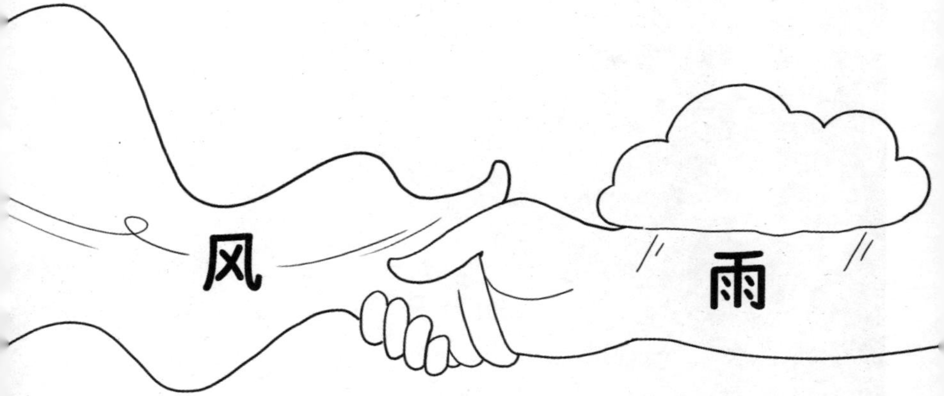

春日里的小风小雨，

都将化作生活里的

小酸小甜！

谁说大学四年是
一眨眼的事、
关于你、
我几天几夜都回忆不完。
《毕业》

毕业

谁说大学四年是

一眨眼的事，

关于你，

我几天几夜都回忆不完。

长大后的你，
去了远方，
而我，
再也走不出这条小巷。
《玩具车》

玩具车

长大后的你，

去了远方，

而我，

再也走不出这条小巷。

眼睛说这一幕
似曾相识
可脑子却始终
想不起什么。
——“长大”

长大

眼睛说这一幕
似曾相识，
可脑子却始终
想不起什么。

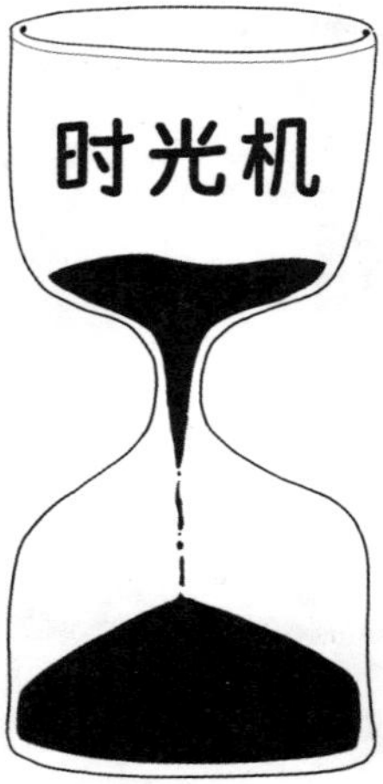

《周末》
小时候的快乐，
是不用穿校服
的周末。

周末

小时候的快乐，

是不用穿**校服**的

周末。

《周末》
从不怕长胖，
因为一到周末
我就一身轻！

周末 2

从不怕长胖，

因为一到周末

我就一**身轻**！

到底是那只
小花狗变美了，
还是我自己
春心萌动了？
《小狗回眸》

小狗回眸

到底是那只
小花狗变美了，
还是我自己
春心**萌动**了？

《孤单》
当你的肩靠着我，
世界上就多了一个
直角三角形。

孤单

当你的肩靠着我，
世界上就多了一个
直角三角形。

多希望，
去往远方的路上，
你一直都在
我的前方。
《安全感》

安全感

多希望，

去往远方的路上，

你一直都在

我的**前方**。

还没张口，
花都知道你要
对她说什么。
《表白》

表白

还没张口，

花都知道你要

对她说什么。

《潮人》
等天晴的人，他们在
回南天时就悄悄蓄力。

潮人

等天晴的人，

他们在回南天时

就悄悄**蓄力**。

《潮人》
不止是你，
潮人见了潮人，
也会犯恐惧症。

潮人 2

不止是你，

潮人见了潮人，

也会犯**恐惧症**。

为自己撑伞，
不是天气说了算，
而是自己说得算。
《撑伞》

撑伞

为自己撑伞，

不是天气说了算，

而是自己说得算。

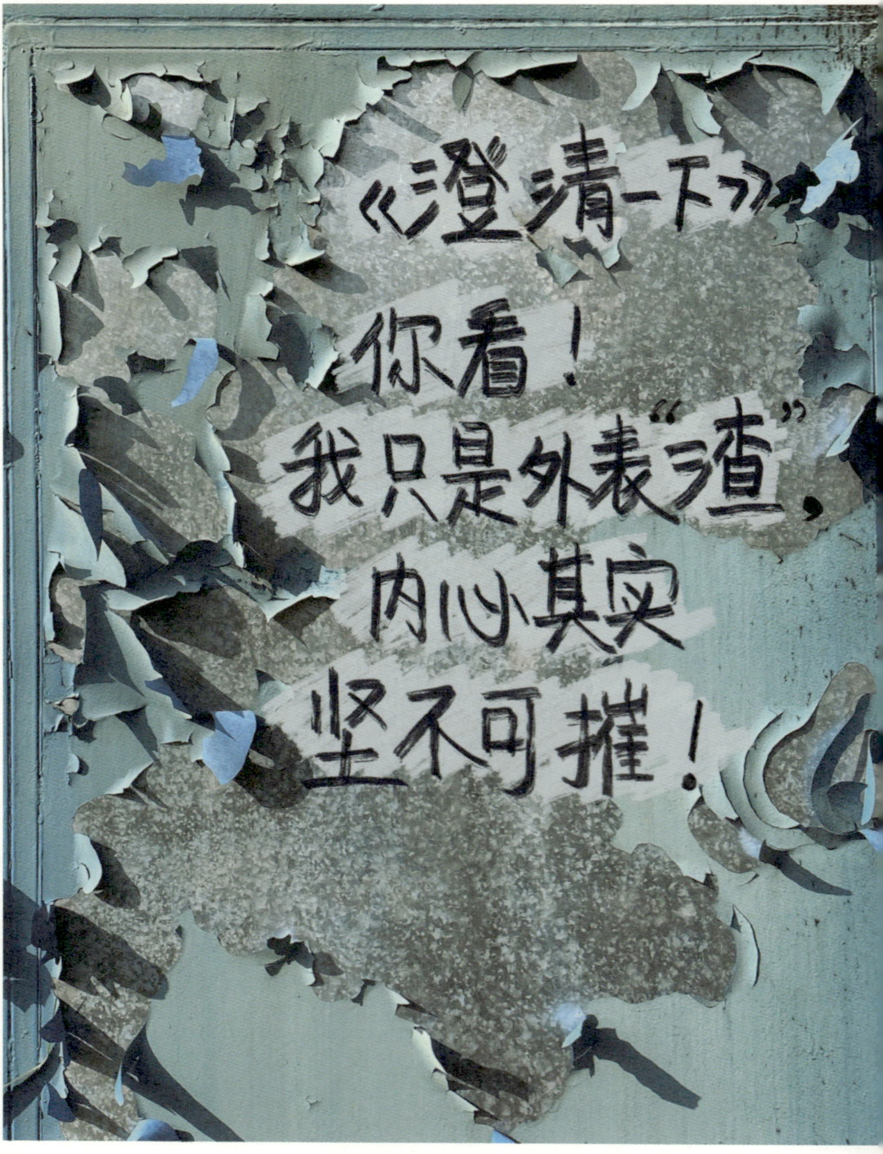
《澄清一下》
你看！
我只是外表“渣”，
内心其实
坚不可摧！

澄清一下

你看！

我只是外表“渣”，

内心其实

坚不可摧！

《道理》
爸爸喜欢给我讲道理，
我问他为什么喜欢，
他却说，
"喜欢就是喜欢，
没有什么道理！"

道理

爸爸喜欢给我讲道理，

我问他为什么喜欢，

他却说，

“喜欢就是喜欢，

没有什么道理！”

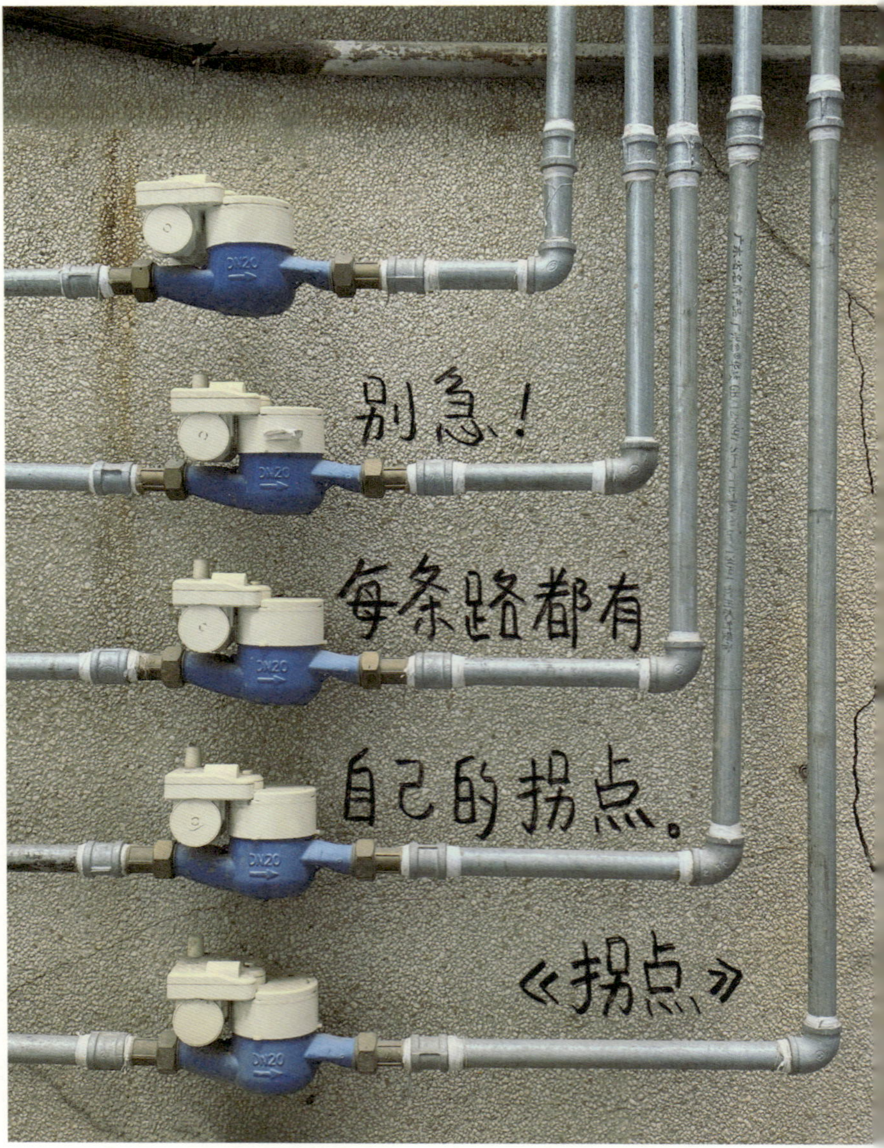
别急！
每条路都有
自己的拐点。
《拐点》

拐点

别急！

每条路都有

自己的**拐点**。

生活是一颗咖啡豆，
越磨才越香。
《咖啡豆》

咖啡豆

生活是一颗咖啡豆，

越磨才越香。

明明是天空，
我却说自己
遨游在
蓝色的
海洋里。
《蓝色》

蓝色

明明是天空,
我却说自己
遨游在蓝色的
海洋里。

生活是五颜六色的，
给它留点白，
也挺不错的！
《留白》

留白

生活是五颜六色的，

给它留点白，

也挺不错的！

别怕在夜里迷路，
那是生活在
和你兜圈子。
《迷路》

迷路

别怕在夜里迷路，

那是生活在

和你**兜圈子**。

小屁孩们
都去上学了，
周一的阳光
都变得香甜了！
《躺着真好》

躺着真好

小屁孩们

都去上学了，

周一的阳光

都变得香甜了！

属于自己的时间
一直都没变，
它只是从放学回家后，
变成了下班回家后。
《我的时间》

我的时间

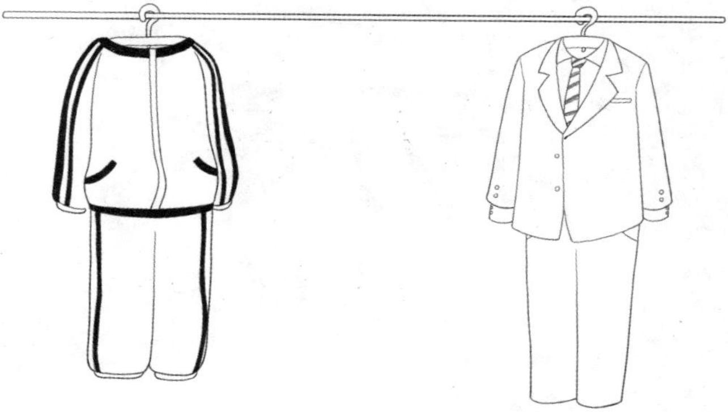

属于自己的时间

一直都没变，

它只是从放学回家后，

变成了下班回家后。

好喜欢
初春，
这样就可以
秃着晒太阳！
《无奈》

无奈

好喜欢

初春，

这样就可以

秃着**晒太阳**！

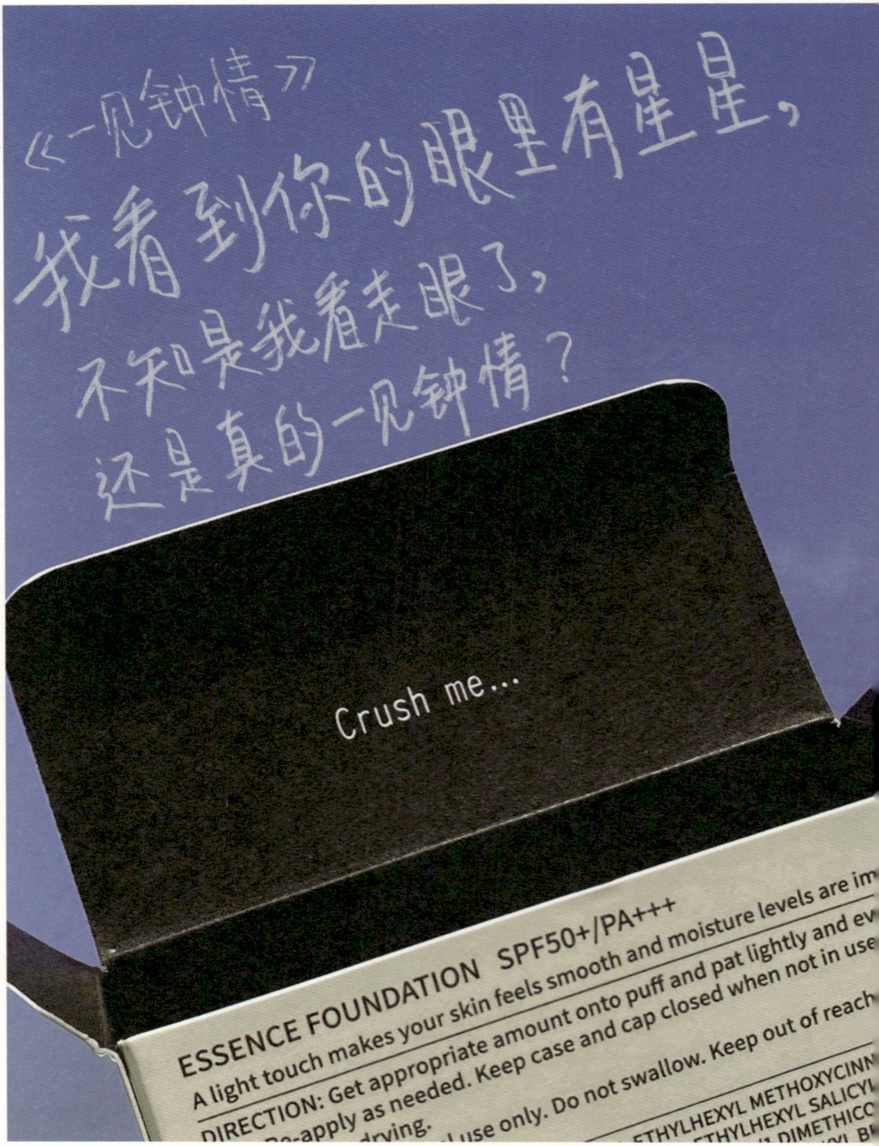
《一见钟情》
我看到你的眼里有星星，
不知是我看走眼了，
还是真的一见钟情？
Crush me...
ESSENCE FOUNDATION SPF50+/PA+++
A light touch makes your skin feels smooth and moisture levels are
DIRECTION: Get appropriate amount onto puff and pat lightly and
apply as needed. Keep case and cap closed when not in use
use only. Do not swallow. Keep out of reach

一见钟情

我看到你的眼里有星星，

不知是我看走眼了，

还是真的一见钟情？

幸福的是，你在我左右，
可遗憾的是，你在我身后，
我却不能回头。
《遗憾》

遗憾

幸福的是，你在我左右，

可遗憾的是，

你在我身后，

我却不能**回头**。

低空飞行了八千里，
这一刻，
我终于碰到了我自己。
《遇见》
兴安路
逐梦前行
LOUIS

遇见

低空飞行了八千里，

这一刻，

我终于碰到了我自己。

《守护》
如果蝴蝶想要守护一朵花，
这很简单，你只需要亲亲它。

守护

如果蝴蝶想要守护一朵花，

这很简单，

你只需要亲亲它。

不在跳舞的广场，
我把自由推在大街小巷。
《自由》

自由

不在跳舞的广场，

我把**自由**推在大街小巷。

该路段禁止鸣笛，
但不禁止
大声哭泣。
《自由》

自由 2

该路段禁止鸣笛，

但不禁止

大声哭泣。

Strawberry Stage
Changsha
长沙
Still·2023
Music FestivalStrawber
Music FestivalStrawber
青年不是万能的，
但只要相信音乐，
就能一万年年青！
《万青》
???
NEXT
万年青年旅店
???

万青

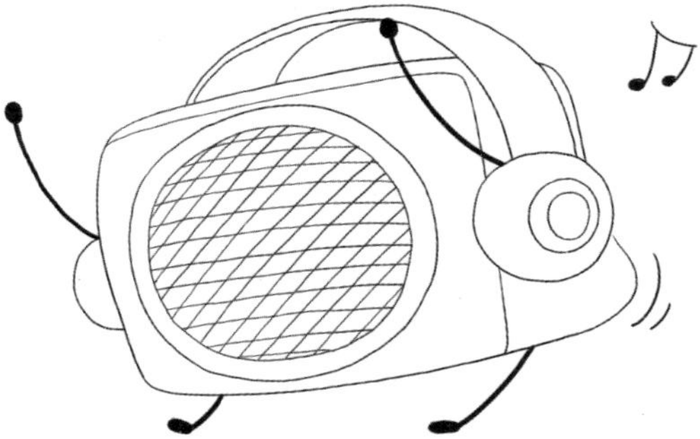

青年不是万能的，

但只要相信音乐，

就能一万年**年青**！

后记

“我快乐地分享我的文字，给那些对我打开心胸的人。”

亲爱的朋友，谢谢你向我打开心胸。

人活着的意义大概就是用自己的方式把世界变美一点吧，愿你的生活不紧不慢，走过路过处处是小诗。

废话王阿姨

图书在版编目（CIP）数据

想在晚风中，和你说一说废话 / 废话王阿姨著. -- 北京 : 北京燕山出版社, 2023.12
ISBN 978-7-5402-7083-4

Ⅰ. ①想… Ⅱ. ①废… Ⅲ. ①诗集－中国－当代 Ⅳ. ① I227

中国国家版本馆 CIP 数据核字 (2023) 第 201433 号

想在晚风中，和你说一说废话

作　　者：废话王阿姨
出 品 人：余　言
责任编辑：李　涛
特约编辑：赵　迎
装帧设计：小　羊
出版发行：北京燕山出版社有限公司
地　　址：北京市西城区椿树街道琉璃厂西街 20 号
邮政编码：100052
电　　话：（010）65240430
印　　刷：长沙鸿发印务实业有限公司
开　　本：889 mm × 1194 mm　1/32
印　　张：6.5
字　　数：20 千字
版　　次：2023 年 12 月第 1 版
印　　次：2023 年 12 月第 1 次印刷
书　　号：ISBN 978-7-5402-7083-4
定　　价：45.00 元